Language is born

El Milagro de Haruna-chan
〜はるなちゃんのキセキ〜
The miracle of Haruna

ことばがうまれるんるん♪

El lenguaje va naciendo

作 **井内わか** Waka Inouchi　文 **上斗米正子** Masako Kamitomai　絵 **のぞえ咲** Saki Nozoe

ことばはふしぎ おもしろい
Language is fascinating and mysterious.
El lenguaje es misterioso y fascinante.

はるなちゃんと いっしょに 新しい世界へ
Come along and join Haruna as she discovers the world around her.
¿Te gustaría descubrir un nuevo mundo junto a Haruna-chan?

赤ちゃんは 生まれたときから 話している！
Babies begin talking from the moment they are born!
¡El bebé ya está hablando desde el momento en que nace!

遊行社

It is a warm spring day.
"Waaah! Waaaah!"
With a loud cry, Haruna was born.

ぽかぽかした 春の日
「ほ〜ぎゃ〜ああうっ ほ〜ぎゃ〜〜」
おっきな声をあげて
赤ちゃんが生まれました
はるなちゃんです

Un día cálido de primavera
―¡Cuñaá aaah uhh! ¡Cuñaá aaah uhh!
Nació un bebé con un fuerte llanto. Es Haruna-chan.

「はう〜あ〜・・あ〜・・」
はるなちゃん 歌うよう

"Ahh ahhh."
Haruna coos like she is singing.
"Ahh ahh"

—Jauua.. aa..
Haruna-chan está murmurando
como si estuviera cantando
—Jauuaaaa…

ママもうれしく
「はう〜ああ〜・・・ううう〜・・・」
お目めと お目めの おしゃべり
うれしいな

Mama is also happy.
Haruna gazes deeply into her mother's eyes.
How lovely!

Mamá también responde feliz
—Jauuaaa…uuuu…
Haruna-chan está viendo a los ojitos de mamá.
Se comunican con sus miradas, qué alegría.

ワッ ハッ ハッ ハッ 〜
おばあちゃん ニコニコ 大わらい

"Ha ha ha ha ha!"
Grandma laughs heartily, smiling.

—Waa jaajaajaa.
La abuela, sonriendo y riendo a carcajadas.

ワッ ハッ ハッ ハッァ～
はるなちゃんも いっしょに 大わらい

"Ha ha ha ha ha!"
Haruna bursts into laughter,
alongside her Grandma.

—Waa jaajaajaa.
Haruna-chan, sin poder evitarlo,
ríe a carcajadas junto con ella.

チッ チッ チッー
おばあちゃん 食事のあとは
いつも きまって　爪楊枝

"Ch ch ch ch ch"
After every meal,
Grandma uses a toothpick.

—Chii Chii Chii Chii
La abuela después de comer
siempre usa un palillo.

はるなちゃん 歯もはえてないのに
まねっこ　まねっこ
シッ　シッ　シッ―

Despite not having any teeth yet,
Haruna always imitates Grandma.
"Ch ch ch ch ch"

—Shii Shii Shii Shii
Aunque Haruna-chan aún no tenga dientes
siempre imita el palillo de dientes.

おばあちゃん 独りごと
「あれっ あれっ
　　鍵 どこだっけ？？」

"Now where is my key?" Grandma says to herself.
"Where's…key?"

—Dónde… ¿Dónde dejé la llave?
Se dijo la abuela a sí misma

「あれっ あれっ かぎ ………け？？」
はるなちゃんも 首をかしげて
　　　　　　　　　ひとりごと

Haruna tilts her head,
repeating Grandma's words to herself.

—Onde… Onde… aveee?
Haruna-chan inclina su cabecita hablando sola.

"Aww you spilled the soup.
Let's dry the cushions
by the heater,"
Mama says loudly and quickly.
"She can't understand you
when you're talking
so quickly,"
Grandma says,
exasperated.

「あ〜あ！はるな　スープこぼしちゃった……
おざぶとん　ストーブの前でかわかして……！」
ママの大きな声
「そんな早口で　話したって　わからないよ！」
おばあちゃん　あきれ顔

—¡Ay! ¡Tiraste la sopa!
Lleva a secar el cojín frente al calentador.
Dijo mamá con una gran voz.
La abuelita desconcertada dijo:
—Si hablas tan rápido, no va a entender.

ところが ところが はるなちゃん

But Haruna…

Pero, entonces Haruna-chan…

「あ〜あ！………ちゃった」
おざぶとん はこんでいくの
はるなちゃん もう なんでも わかる
でも なにが どう わかってるのか わからない

"Oh no! Spilled!"
And she carries the cushion away.
She seems to understand everything now.
But the ways in which she understands it all remains a mystery.

—¡Aaah! ···opaa···
y arrastró el cojín.
Haruna-chan ya entiende todo.
Pero ¿cómo y qué es lo que entiende realmente?

雨あがり
水たまりに はとさん やってきた
はるなちゃん ジィーと はとさん 見てました

A pigeon approaches a rain puddle after the rain stops falling.
Haruna stares intently at the pigeon.

Después de la lluvia,
una paloma llegó a un charco.
Haruna-chan miraba a la paloma con atención.

いそいでお家に かけこんで
「ねぇねぇ じいじ ぽっぽ ちゅっ ちゅー………」
「そう ぽっぽ 見たの？
　そう ぽっぽ 水のんでたの？　はるなちゃん よかったねえー」
音から音が　ゆれだして　お話 お話 ひろがるよ

Haruna ran into the house and exclaimed, "Grandpa! Pigeon…drink! Water!"
"Yes, you saw the pigeon? The pigeon was drinking water?,"
Grandpa replied.
 "Haruna, that's wonderful!"
Haruna's words have
started to find rhythm and they have begun to flow.

Corrió apresuradamente a casa.
　—¡Eh, eh, abuelo! ¡Pio pio! ¡aba, aba!
　—¿Así que viste a la paloma?
¿Y la paloma estaba bebiendo agua?
¡Qué bien Haruna-chan!
Los sonidos comienzan a resonar, la conversación crece.

「ばあば こおえんかい？」

"Grandma, lecture?"

"Oh yes. Lecture!"

Grandma was so surprised to hear this word.

To Haruna, difficulty of words doesn't matter—
they may be dictionary words or kanji words. All she noticed was that Grandma was getting dressed up a little differently (from her usual look) to go out.

はるなちゃんにとって 漢字はない
辞書でひいて
おきかえる意味もない
おばあちゃんが
いつもとちがうお洋服きて
いそいそ おでかけすることかな

「ええっー『講演会』？」
おばあちゃんは もう びっくり

—Abuela ¿confe…encia?

—¡Eh! ¿Conferencia?

La abuela estaba sorprendida.

Para Haruna-chan no existen
 las letras.
 No hay necesidad de
 buscar
 el significado en un
 diccionario.
¿Será que la abuela se puso ropa
diferente de la habitual y se preparó
para salir rápidamente?

「ハロー！」
アメリカから
青い目
背のたかい
お兄さん
ジャスティンくん

はるなちゃん もじもじ どっかに かくれんぼ

Haruna hides shyly behind the furniture, while peeking out occasionally.

"Hello, I'm Justin from America," a tall man with blue eyes introduced himself.

—Hello! I'm Justin from America!   Un joven de ojos azules y gran estatura.

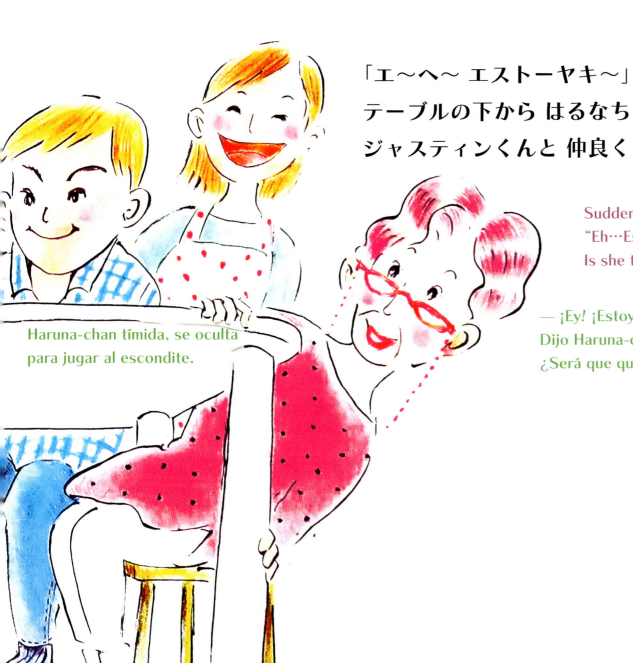

「エ〜ヘ〜 エストーヤキ〜」
テーブルの下から はるなちゃんの声
ジャスティンくんと 仲良くなりたいのかな

Suddenly a voice from under the table says,
"Eh…Estoy aqui."
Is she trying to become friends with Justin?

— ¡Ey! ¡Estoy aquí!
Dijo Haruna-chan debajo de la mesa.
¿Será que quiere ser amiga de Justin-kun?

Haruna-chan tímida, se oculta
para jugar al escondite.

「オーチン プリアートナ」
今日は ロシアから おばあちゃんのお友だち
イリーナさんがやって来ました

"Ochen'priyatna."
Today, Grandma's friend
from Russia, Irina,
has come to visit.

—Ochin Priyatna
Hoy llegó de Rusia
la amiga de la abuela,
la señora Irina.

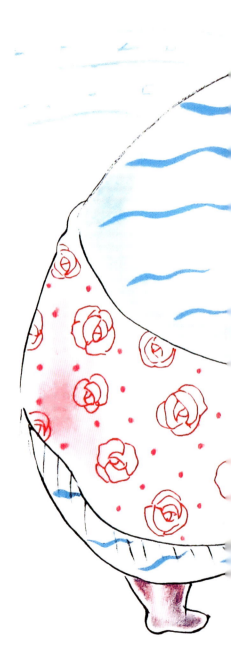

「エタ パダ〜ルキー」
はるなちゃん
「ちゅぱちーば」

"Eta padaruki!" says Irina.

Haruna exclaims. "Chupachiba!"

—Eta Padarki
dice Irina
y Haruna-chan también…
—Chupachiba

「アニョハセヨ〜」
今度は 韓国から
ハヌルさんがきました

「はるなちゃん、マシッソ？」

"Annyeonghaseyo!"

This time, a friend from Korea, Haneul, visits Grandma.
"Haruna, mashisso? Is it tasty?"
"Machichoyo!"

「まちゅっちょよ〜」

—Annyeonghaseyo
Esta vez, Haneul vino desde Corea.
—Haruna-chan, ¿mashisso?
—Machichoyo!

「ナマステ〜」
インドのシャイラさんとは
すぐに仲良し

"Namaste!"
Haruna becomes fast friends with Shaila from India.

—Namaste— Se hizo amiga rápidamente de Shayra de la India.

To a new friend from Mexico, she immediately says, "*Hola!*"
Soon after meeting, they sing and dance together. Haruna is like a little Mexicana!

「オッラ〜」
メキシコのアニータさん、会ったとたんに
いっしょに 歌ったり 踊ったり
だれとでも 話ししてる
はるなは まるでメヒカーナ♪

—Hola— Al encontrarse con Anita de México.
Cantando y bailando, habla con todos.
Haruna es como una mexicana.

どんなことばも 家族やお友だちのことば　外国語はないよ

When using language with friends and with family,
it is as if there is no such thing as a foreign language. It's all just human language.
As we meet different people from different places, language is born—our worlds evolve.

いろんな人と出会いながら　ことばが生まれる　世界が生まれる

Cualquier idioma es el idioma de la familia y los amigos, no existen lenguas extranjeras.
Al conocer a diferentes personas, nace el lenguaje y nace el mundo. Es solamente un lenguaje humano.
Haruna-chan, el futuro de todos se hace más grande cada vez.

あとがき
孫のはるなが生まれて。

　私が還暦を過ぎた頃、孫のはるなが誕生して、それまでの私の人生が一変、感動と驚きの日々が始まりました。
　生まれて１ヵ月にして、はるなはつぶらな瞳で、私の目を、穴のあくほど見つめながら、「はう～あ～‥あ～‥」と歌うように声を出し、思わずつられるように、私も同じように声をあげると、それに応えるように「はう～ああ～…ううう～」と呼応したのです。「これは話してる！ 私のことを聞いている‥」その時の感動を、今でも忘れることはできません。
　人間のことばは、"在るもの"ではなく、お互いの音声が共鳴共振しあって、引き出し合って"創り出していく"ものだということを発見させられたのでした。赤ちゃんには外国語ということばはないのです！ 人間とは、誰でもまわりの人々の話す言語を話せるようになる"しくみ"を有して、生まれてくるものだと実感しました。

　赤ちゃんは天才です。

　おおまかな全体をとらえることが大好きなはるなを見ていると、赤ちゃんはまっすぐに物事の本質を丸ごと捉えながら、１００％全身で日々自分の存在を創り出し、日々自分の人生を生きています。つい細かいところに捕らわれ、全体や大切な本質を見失ってしまいがちな大人たちに、「私を見て！」「もっと驚いて！」という赤ちゃんの声が聞こえてくるようです。

　はるな、生まれてきてくれてありがとう。

2025年1月5日
井内 わか

Afterword
My granddaughter Haruna was born

Soon after I had celebrated my 60th birthday, my granddaughter, Haruna, came into the world. And it was at that moment, that my life completely changed, my days quickly filling with wonder and awe.
When Haruna was just one month old, she would gaze at me with her round, sparkling eyes and let out sounds like she was singing: "Hau~ ah~··· ah~···" . Instinctively, I found myself responding by making similar sounds.
To my surprise, she would answer back, "Hau~ ahh~··· uuu~," as if we were having a conversation. I remember being struck with a profound realization at that moment: She's talking! She's listening to me! I remember that feeling of connection so vividly. It was then that I discovered something extraordinary: human language is not something that exists passively. Instead, it is something that we all create together, drawing it out of one another through resonance and interaction. For a baby, there's no such thing as a "foreign language." I realized that every human being is born with the instinct to learn and speak the language of the people around them. Babies are geniuses. By watching Haruna, who loves to take in the bigger picture, I saw how babies instinctively perceive the essence of things in their entirety. They live each day with 100% of their being, wholeheartedly embracing life. Adults, on the other hand, tend to get caught up in the details and lose sight of the bigger picture or the essential truths. It feels as though babies are calling out to us, saying, "Look at me! Be amazed by the world again!" Haruna, thank you for being born.

January 2025
Inouchi Waka

* * * * *

Epílogo
Cuando nació mi nieta Haruna.

Cuando tenía sesenta años, nació mi nieta Haruna, y mi vida hasta ese momento dio un giro total. Comenzaron días llenos de emoción y asombro.
Apenas un mes después de su nacimiento, Haruna con sus ojos grandes y brillantes me miraba fijamente como si quisiera traspasar mi mirada. Emitía sonidos como si cantara: "hau~ aa~... aa~..." . Inevitablemente, me uní a ella imitando sus sonidos y Haruna respondía como en un conversación: "hau~ aaa~... uuu~" . Fue entonces cuando sentí, con una emoción indescriptible, que ella estaba "hablando conmigo" y "escuchándome" . Esa sensación, incluso ahora sigue grabada en mi corazón.
Me di cuenta de que el lenguaje humano no es algo que simplemente "existe" . Más bien, es algo que se crea mutuamente, emergiendo de la resonancia y vibración de los sonidos compartidos entre las personas. ¡Para un bebé no existen las "lenguas extranjeras" ! Comprendí profundamente que los seres humanos nacemos con un mecanismo que nos permite hablar el idioma de las personas que nos rodean.

Los bebés son genios.

A diferencia de los adultos, que muchas veces nos perdemos en detalles y olvidamos lo esencial, los bebés parecen decirnos: "¡Mírame! ¡Sorpréndete más!" .

Haruna, gracias por venir a este mundo.

5 de Enero 2025
Inouchi Waka

あとがき
気がつけば私のそばにあった［たからもの］

　私は家族のみではなく、海外の人を含むたくさんの人々からことばや愛を受けながら育ってきました。どの国の人たちでも、私には「大好きな人、一緒に遊んでくれる人」でした。そんな私にとって、日本語以外のことばを話す人を外国人と思わないことは、当たり前のことでした。父母、祖母わかちゃんをはじめ、近所の人も、知らない人も、外国の人も、赤ちゃんの私にとっては、みんなが私の家族でした。

　小学4年生の時に祖母わかちゃんと一緒にメキシコへホームステイ交流に参加しました。その際は、メキシコの公用語であるスペイン語だけではなく、言語関係なく目の前の人に合わせて真似をしたりコミュニケーションをとって仲良くなりました。そこから、メキシコに多くの大好きな人ができ、またメキシコに帰りたい！と思うようになりました。

　高校生の時には、交換留学で1年間メキシコに行き、日本人を初めて留学生として受け入れたメキシコ・ハリスコ州の高校へ通学しました。はじめの頃は、何にもわからず、スペイン語で授業を受けるというのは正直辛かったです。でも、赤ちゃんがことばを自然に話せるようになるプロセスのことをヒッポファミリークラブで聞いていたことや、実際に赤ちゃんを見ていて知っていたこともあったので、「そうだ！わたしも赤ちゃんと同じようにやってみよう」と思い、まわりの人たちが話していることばを真似していきました。そうしているうちに、いつのまにか、自然と現地の人が話す方言を交えたスペイン語が、最初は幼児のように、少しずつ小学生や中学生のことばのようになり、やがて高校生のクラスメイトのように話せるようになっていきました。

　成長していくにつれて、私はこのように生まれた時から、無条件の愛情のなかで、私のことばや私自身を丸ごと受け止めてもらえる人たちの中で育ったことは、とても大きな財産であり有難いことなのだと気づきました。そのため、次は私が受けてきたたくさんの愛や大切なことばを、私が伝えていきたいです。

2025年1月
はるな

Afterword
I came to realized that my 'treasure' was always by my side.

I was fortunate to grow up surrounded by love and encouragement, not only from my immediate family but also from countless people around the world. No matter where a friend was from, I never thought of them as "foreigners" —they were simply friends I loved and played with. Whether it was my parents, my grandmother Waka-chan, neighbors, strangers, or people from other countries, everyone felt like family to me as a child.
In fourth grade, I participated in a homestay exchange program in Mexico with my grandmother, Waka-chan. During that visit, I spoke Spanish, Mexico's official language. But I didn't stop there—I also mimicked the communication styles of the people around me. As a result, I made many dear friends and began dreaming of returning one day.
In high school, I did just that. I returned to Mexico for a year-long exchange program and attended a high school in Jalisco, which, for the first time, had welcomed a Japanese student. At first, it was incredibly challenging—I was taking classes in Spanish while understanding so little of the language. But I recalled what I had learned from Hippo Family Club about how babies naturally acquire language. I thought to myself, Why not try to learn like a baby? So, I began mimicking the words and phrases I heard around me.
Before I knew it, I was speaking Spanish in a mix of local dialects—much like a toddler. Over time, my language skills progressed from those of a young child to an elementary student, then a middle schooler. Eventually, I could speak like my high school classmates.
As I've grown, I've come to realize how invaluable it was to be raised in an environment of unconditional love—one where people accepted and embraced me completely, language and all. That love and acceptance were an incredible gift, a treasure I carry with me. And it's a gift I hope to pass on to others.

January 2025
Haruna

✳   ✳   ✳   ✳   ✳

Epílogo
Me di cuenta que mi "tesoro" siempre había estado a mi lado

No sólo crecí recibiendo el lenguaje y amor de mi familia, sino también de muchas otras personas, incluidas personas de otros países. Para mí todos ellos eran "alguien a quien quiero mucho, alguien con quien juego", sin importar de dónde fueran. Por eso, nunca pensé en las personas que hablaban un idioma distinto al japonés como extranjeros; eso era algo natural para mí. Mi padre, mi madre, mi abuela Waka-chan, los vecinos, personas desconocidas, personas de otros países… todos, para mí siendo un bebé, eran parte de mi familia.
Cuando estaba en cuarto de primaria, participé en un intercambio de homestay en México junto con mi abuela Waka-chan. Durante esa experiencia, no solo usé el español, que es el idioma oficial de México, sino que también me adapté a las personas frente a mí, imitando y comunicándome con ellas, sin importar el idioma para hacerme amiga de todos. Fue así como hice muchos amigos muy queridos en México y comencé a desear regresar allí algún día.
En la preparatoria, regresé a México por un año como estudiante de intercambio y asistí a una escuela en el estado de Jalisco, donde aceptaron por primera vez a una estudiante japonesa como parte del programa. Al principio, no entendía nada, y honestamente, tomar clases en español fue muy difícil. Sin embargo, en Club Familiar Hippo aprendí sobre el proceso natural mediante el cual los bebés comienzan a hablar, y había observado a bebés desarrollarse de esa manera. Por eso pensé: "¡Eso es! Voy a hacer lo mismo que los bebés". Entonces, comencé a imitar las palabras que escuchaba a mi alrededor. Con el tiempo, de manera natural mi español que al principio era como el de un niño pequeño, empezó a transformarse poco a poco. Primero como el de un estudiante de primaria, luego de secundaria, hasta que eventualmente logré hablar como mis compañeros de preparatoria, incluso usando los modismos locales.
A medida que fui creciendo me di cuenta de lo invaluable y afortunada que soy por haber sido criada rodeada de personas que me aceptaron completamente, con mi lenguaje y todo lo que soy, en un ambiente de amor incondicional desde que nací. Por eso, ahora siento que es mi turno de transmitir todo ese amor y esas palabras tan importantes que recibí.

Enero 2025
Haruna

作・井内 わか（ニックネーム；わかちゃん）

兵庫県神戸市生まれ、東京都在住。
1970年榊原陽の呼びかけに賛同し、英語、後の多言語活動に参画。
全国、世界各国で多言語活動の講演200回以上。海外ホームステイパイオニアメンバーとして、アメリカ、韓国、メキシコ、ヨーロッパ、インド、インドネシア、チュニジア、近年ではモンゴル、スウェーデン＆フィンランドでも活動。家族三世代で世界の人々と多言語で交流中。

文・上斗米 正子（ニックネーム；まりんしゃ）

青森県八戸市生まれ、八戸市在住。
1973年より榊原陽の言語活動団体に参画、1981年より言語交流研究所本部コーディネーターとして、国内外の多言語活動と国際交流推進。
2024年半世紀ぶりに八戸へ移住、多世代×多文化×多言語交流館『みらいえ』設立・同代表。著書に「有飛行―有元利夫と仲間たち」風濤社、4ヵ国語絵本「ハルくんの虹/カメルーンと日本 愛と希望のリレイ」画・佐藤泰生、遊行社、「多言語のある日々 波動はるかに」遊行社

絵・のぞえ 咲（ニックネーム；さきちゃん）

高知県出身、埼玉県在住。
作品作りと共に、多言語活動を愉しみ、青少年と各国へ交流。公認心理師。
著書に「たまご」「ひとりでバスにのりました」架空社、「はらぺこ・そらかけ」チャイルド社、「つきのゆうえんち」「あんどうくん」ポプラ社

ことばがうまれるんるん♪
〜はるなちゃんのキセキ〜

2025年4月20日　初版第1刷発行
2025年4月30日　　　第2刷発行

著　者　井内　わか
　　　　上斗米　正子
　　　　のぞえ　咲

訳　者　（英語）Noe Steadly, Natsume Nakamura Steadly
　　　　（スペイン語）Nayiba Thomas Silva, Rebecca Duran Thomas, Ana Sofía Duran Thomas, Fernanda Mares

発行者　本間　千枝子
発行所　株式会社遊行社
〒191-0043 東京都日野市平山1-8-7
TEL 042-593-3554　FAX 042-502-9666
https://morgen.website

印刷・製本　モリモト印刷株式会社

©Waka Inouchi ©Masako Kamitomai ©Saki Nozoe　2025 Printed in Japan
ISBN978-4-902443-81-3　乱丁・落丁本は、お取替えいたします。